P9-CQF-360

El secreto del orfebre

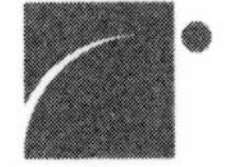

El secreto del orfebre

Elia Barceló

S

Rocaeditorial

Primera edición en este formato: noviembre de 2017

Publicado por acuerdo con UnderCover Literary Agents.

Av. Marquès de l'Argentera 17, pral.
08003 Barcelona
actualidad@rocaeditorial.com
www.rocalibros.com

Impreso por LIBERDÚPLEX, s.l.u.
Crta. BV-2249, km 7,4, Pol. Ind. Torrentfondo
Sant Llorenç d'Hortons (Barcelona)

ISBN: 978-84-16867-98-1
Depósito legal: B. 22049-2017
Código IBIC: FA

RE67981

Time present and time past
Are both perhaps present in time future
And time future contained in time past
If all time is eternally present
All time is unredeemable.

El tiempo presente y el tiempo pasado
Quizá sean, ambos, presente en el tiempo futuro
Y el tiempo futuro esté contenido en el tiempo pasado
Si todo tiempo es eternamente presente
Todo tiempo es irredimible.

T.S. ELLIOT, *Four quartets. Burnt Norton*

* * *

It's four in the morning
The end of December,
I'm writing you now
Just to see if you're better.
New York is cold
But I like where I'm living
The music on Clinton Street
All through the evening.

Son las cuatro de la madrugada,
Diciembre se acaba.
Te escribo ahora
Solo por ver si estás mejor.
Hace frío en Nueva York
Pero me gusta el lugar donde vivo
En la calle Clinton
Hay música toda la noche.

LEONARD COHEN, *Famous Blue Raincoat*

A fines del siglo pasado, el XX, a lo largo de más de dos años y a través de cientos de e-mails y un par de reuniones en verano, cuatro personas enamoradas de la fantasía trabajamos para dar forma a Umbría, la región donde transcurre esta historia.

Quiero dar las gracias a César Mallorquí, iniciador del desaparecido Grupo de Umbría, a Julián Díez y a Armando Boix, queridos umbrilitanos que, aportando sus sueños y los territorios de su infancia, dieron sustancia a nuestra tierra de elección. Según nuestros planes, novela a novela, relato a relato, Umbría habría ido tomando forma y consolidándose. Por desgracia solo tres obras llegaron a ver la luz: *El vuelo del Hipogrifo* (2002) y *El secreto del orfebre* (2003) de mi autoría, y *Leonís* (2011) de César Mallorquí.

Villasanta de la Reina es, como no podía ser de otro modo, mi pueblo, mi infancia, pasados por el tamiz de la fantasía común que situó a Umbría en el norte de España.

En memoria de Leonard Cohen, el mayor poeta del siglo XX, cuyas palabras me han ayudado en tantos momentos de mi vida. *Wherever you may be, thanks for the songs, Mr. Cohen!*

Las cuatro de la mañana. Últimos de diciembre.

Escribo ahora para mí, a mano, con mi menuda letra de orfebre, en este piso recién alquilado, semivacío, mientras la nieve cae mansamente tras de los cristales sobre esta calle Clinton, en la que ya no suena la música de la que hablaba Cohen. Escribo para mí. No hay nadie más. No hay nadie más ahora que no está Celia.

He consumido tres cigarrillos buscando las palabras, el principio, el arranque de esta historia que hoy me cuento, pero ¿dónde encontrarlo? ¿Cómo? ¿Cómo, si no hay principio, y el final que marcó mi vida, ese final de hace tantos años, está a apenas seis días de esta madrugada neoyorquina?

Los recuerdos acuden enfurecidos, luchando

por imponerse al desorden de mi mente, y se confunden en un magma vidriado que apenas deja entrever los contornos de lo que fue.

Un posible comienzo:

Era septiembre, una noche ventosa preñada de tormenta. Yo dormitaba en el compartimento vacío del tren que me llevaba a Oneira, a despedirme del tío Eloy, el último pariente que me queda y a quien le debo mi oficio; el que me acogió en su relojería cuando, desesperado a mis veinte años, salí de Villasanta jurando no regresar jamás.

La luz del pasillo iluminaba débilmente mi rostro que se reflejaba de modo fantasmal en el cristal de la ventanilla y me hacía recordar el que tuve en la infancia, el que naufragó para siempre en la despedida, como si aquel niño se hallara agazapado en algún lugar de mi interior esperando un descuido mío para emerger de nuevo de las aguas fangosas del pasado, con su sonrisa feliz y sus ojos brillantes. Hacía casi veinticinco años que me había marchado de Villasanta de la Reina dejando atrás todo lo que había sido mi vida hasta entonces, dejando atrás la escuela, los amigos, los bailes, los paseos. Dejando atrás a Celia.

Recuerdo que recordé entonces con una intensidad que me hizo enderezarme en el asiento, asustado de mí mismo, el instante preciso en que la conocí, su perfil moreno en el vestíbulo del Lys, la pequeña perla en su oreja, el pañuelo blanco que se pasaba con cuidado por debajo de las pestañas al salir del cine, su rápida mirada hacia la amiga que la tranquilizaba sonriendo: «No, mujer, no se te nota nada». Fue como si mi corazón no pudiera decidirse, como si quisiera al mismo tiempo dejar de latir o echarse a volar desbocado hacia esa mujer a la vez frágil y dura, de traje sastre y collar de perlas, que parecía una actriz de cine negro, una estrella caída en el barro del cine de pueblo con su suelo sembrado de cáscaras de pipas y papeles grasientos de empanadas de atún. Entonces me enteré de que la llamaban la Viuda Negra; me lo dijo Tony con un codazo en las costillas mientras ella se perdía en el tumulto de salida de la sesión nocturna.

Salí del cine como en trance, dispuesto a hacer lo que fuera por volverla a ver, por que me mirara, por oír su voz. No me enteré siquiera de que los amigos me arrastraban al Negresco a tomar algo antes de retirarnos y solo cuando estuvimos sentados a la mesa del fondo, bajo el espejo, me di cuenta de que el camarero se estaba impacientando. Murmuré «un cortado» y al retirarse Fabián, en lugar del mandilón blanco que me había encandilado segundos antes, la vi frente a mí, en mitad del café, mirándome fijamente con una expresión que nunca supe descifrar, algo que oscilaba entre la sorpresa, la alegría y el terror, algo que sólo veinticinco años más tarde comprendería, cuando fuera demasiado tarde.

Ella se quedó parada a unos metros de nosotros, apretando el asa del bolso como si de ello dependiera su vida. La amiga, melindrosa y pizpireta, con esa coquetería ridícula de cuarentona soltera que sin embargo consigue siempre lo que quiere, se nos acercó:

—Chicos, si no os importa... hay más mesas libres... y nosotras siempre nos sentamos aquí. A Fabián se le habrá pasado decíroslo. No os importa, ¿verdad? A Celia le gusta sentarse a esta mesa.

Me puse en pie de inmediato. Me habría puesto de rodillas si me lo hubiera pedido. Los amigos, buena gente, fueron levantándose también, haciendo señas hacia la barra para que nos trajeran las consumiciones a otra mesa; «manías de viejas, qué se le va a hacer». A mí Celia no me pareció vieja. Tenía la piel pálida, cremosa y suave, unas ligeras arrugas en torno a los ojos, que no se apartaban de mí, unos ojos que entonces me parecieron de color cerveza y que solo más tarde, ya orfebre, comparé con los topacios brasileños, una luz de atardecer cristalizada.

Los recuerdos se agolpaban tras mis párpados cerrados como la gente que sale de un inmenso cine por una sola puerta, empujándose, amontonándose, cediendo terreno a la fuerza de otros más atrevidos o menos cuidadosos para atravesar unos detrás de otros el umbral. Imágenes que creía haber olvidado aparecían durante unos segundos fulgurantes para dejar paso a otras igual de intensas, igual de nítidas: los paseos de los sábados por la calle Jardines; los bailes del verano en el jardín del Casino engalanado para las Fiestas Mayores; las interminables conversaciones con los compañeros del Instituto en el Negresco imaginando nuestro futuro, siempre brillante, siempre triunfal; los primeros cigarrillos fumados junto a la tapia del cementerio; los baños en el río; la nueva maestra de primaria entrevista en enagua en la casa que le alquiló Remedios la partera y que aún no tenía visillos, para escándalo de las vecinas, que acabaron regalándole unas cortinas para su dormitorio; los bocadillos de atún en aceite que preparaba Florinda, la vieja de la fonduca, la del marido holgazán que terminó de mala manera en un tugurio de Montecaín. Olores, sonidos, luces perdidas para siempre en los pantanos de la memoria, junto a los recuerdos de mi casa de la infancia, la que mis padres cerraron para marchar a Oneira cuando mi hermana murió a los veintidós años atropellada por una moto en una calle de París el mismo día en que terminaba su curso de verano, la casa que —muertos también mis padres— aún estaría allí, en Villasanta, con todos sus muebles cubiertos de polvo, sus fotos antiguas en los cajones, sus cubiertos de diario en la cocina, sus sábanas quizá comidas por los ratones; esa casa cuyas llaves había llevado yo siempre como extraño amuleto desde la muerte de papá y que no había pensado utilizar en la vida.

El tren atravesó el segundo túnel de los tres que como un «ábrete Sésamo» franquean la entrada de Umbría, el país de las leyendas, según reza nuestro eslogan turístico, y antes de salir del tercero, antes de saber qué estaba haciendo y por qué, había bajado las dos maletas que como todo equipaje me acompañarían en mi traslado a Nueva York, me había puesto la gabardina y el sombrero y me encontraba de pie en la plataforma esperando ver aparecer tras la larga curva la estación de Villasanta de la Reina.

No sé qué pensé. No sé qué esperaba encontrar. Solo recuerdo que algo en mi interior repetía «ahora o nunca» y que sabía que si dejaba pasar esa ocasión, si seguía viaje hasta Oneira, luego tomaría el chárter a Londres y de ahí a Nueva York y nunca volvería a ver el pueblo de mi infancia.

Cuando el tren se detuvo en la estación que no había visto desde 1974, por un instante estuve a punto de volver a cerrar la puerta, pero puse el pie en el estribo, bajé las maletas y me quedé allí en el andén, sujetándome el sombrero con una mano, leyendo las grandes letras pardas sobre la pérgola de hierro forjado, mientras a mis espaldas lo oía volver a ponerse en marcha. Cuando me giré a mirarlo solo alcancé a ver unas lucecillas rojas que se perdían en la oscuridad. No había bajado nadie más y el jefe de estación, con un farol en la mano, hurtando la cara al viento, me preguntó con un acento umbrilitano que casi había olvidado:

—¿Bajará usted al pueblo?

Asentí con la cabeza y él continuó:

—Le avisaré al Braulio, si le parece. ¿O le esperan?

—No —contesté—. No me espera nadie.

Encendí un cigarrillo en el vestíbulo mientras el hombre entraba al despacho y hablaba por teléfono. Tenía una sensación imprecisa como de estar a punto de despertar de una siesta pegajosa y entumecedora. Era todo como lo recordaba: bancos de madera, carteles escritos a mano, el gran reloj de manecillas de hierro con una flecha en la punta. Las once menos diez.

—Está al llegar —me dijo desde el despacho—. Pero hará bien en esperar aquí dentro. Ha empezado a llover y va a caer una buena. ¡Pobre nabo el que se quede esta noche al raso!

Después de quince años en Madrid, la expresión me dejó desconcertado, pero el hombre me miraba con sus ojillos negros como pegados a una nariz bulbosa y enrojecida que parecía surgir de un bigotón de clara inspiración franquista y no tuve más remedio que reírle la gracia. Luego, sin mediar más palabras, me dejó solo en el vestíbulo.

Me senté en el banco más cercano a la puerta después de haber comprobado a través de los cristales que la carretera seguía vacía, y de repente me acometió un invencible deseo de huir a donde fuera, de quedarme en aquella estación hasta que pasara cualquier tren a cualquier parte y evitar el desastre inevitable que me estaba esperando en Villasanta. Sabía que había sido una locura, que en un pueblo de ese tamaño, por mucho que hubiera crecido y se hubiera modernizado, no podría evitar encontrarme con Celia, que ahora estaría durmiendo en la gran cama de hierro donde hicimos el amor por primera vez, donde por primera vez vi su cuerpo desnudo, ese cuerpo que aún se me aparece en sueños y que ahora, a sus sesenta y siete años, estaría ajado y marchito como una flor pasada. ¿Qué le iba a decir al verla? ¿Qué me diría ella a mí? Tal vez se negaría a reconocerme y pasaría orgullosa y dura, como siempre, con su perfil de moneda antigua, mirando a lo lejos como en otro mundo. Tal vez habría olvidado el amor y el dolor de aquellos meses veinticinco años atrás y me saludaría cordial y condescendiente, sin malicia ni temblor. Tal vez se habría casado con un notario viudo que al final de su vida le habría hecho probar el placer desconocido de ser la esposa legítima de alguien de quien no tuviera que avergonzarse. Porque, cuando yo la conocí, era lo que mis padres llamaban «una mujer marcada».

Cuando se enteraron de que yo la rondaba, mamá me contó su historia: Celia era más o menos de su edad, algo más joven; de muchachas habían ido juntas a coser al taller de doña Laura, a prepararse el ajuar para casarse, aunque Celia quería ser modista y su novio no estaba de acuerdo en que trabajara una vez casados. Un día llegó al pueblo un forastero, un hombre misterioso, decía mamá, un extraño salido de ninguna parte y a quien nadie conocía, educado y elegante, ya mayor, que la volvió loca en unos días. Celia dejó a su novio sin más explicaciones y durante unos meses se la vio en todas partes del brazo del forastero, un escándalo entonces, pasando por encima de la opinión de su madre viuda, de las amigas, de las vecinas, de todas las gentes de bien que temían por su reputación.

Los desafió a todos por él y con él se rio del mundo, anunciando su boda en Santa María para el primer domingo de diciembre. Hasta que sucedió lo inevitable, lo que todo el pueblo estaba temiendo o esperando. El día de la boda, vestida de blanco a falta solo del prendedor de madreselvas que debía traer el novio, el forastero no se presentó. Nunca más supieron de él aunque más tarde se dijo que los dólares que había cambiado en el banco eran billetes falsificados. Desapareció como había venido y nadie volvió a acercarse a ella porque en el pueblo era notorio que una muchacha que no se había privado de dejarse tocar por su novio en público, un novio cincuentón y sin pasado conocido, que desaparece el día de la boda, no podía haber guardado la castidad necesaria para que un muchacho decente de Villasanta se animara a entablar con ella una relación formal.

«Yo creo que aún lo espera —dijo mamá al terminar su historia—. Ha rehecho su vida en cierto modo, ya lo sé. Ha salido al extranjero, ha leído mucho, cose unos vestidos que ya quisieran las mejores tiendas de la capital, pero nunca ha encontrado a un hombre como el que perdió. Y yo creo que, en secreto, en el fondo de su corazón, lo espera aún. Esa mujer no es para ti, hijo. Aparte de que podría ser tu madre, esa mujer tiene dueño. Y si te empeñas en lo que no puede ser, te matará.»

No volvimos a hablar de ella, ni siquiera después de que me dejara, ni cuando me fui de Villasanta sin explicaciones, ni cuando me negué a estudiar ingeniería de caminos en Montecaín y preferí aceptar la oferta del tío Eloy de ayudarlo en la relojería hasta que me centrara y decidiera lo que quería hacer con mi vida. No tuve que decidir. Yo era como un mutilado de guerra, un muchacho que se encuentra a los veinte años con que le falta una pierna o que se ha quedado ciego para siempre. Celia me había arrancado algo que nunca he sabido nombrar y que sin embargo sé que era vital para seguir siendo un hombre completo. No tuve más remedio que aceptarlo y aprender a vivir con ello sin melodramas, sin tragedias de teatro. Cuando uno pierde una mano bajo una sierra mecánica aprende a arreglárselas con la otra y llega a un punto en que apenas la echa de menos aunque el muñón siga ahí para recordarle su lentitud, su torpeza, el error fatal que lo convirtió irreversiblemente en lo que ahora es. Nunca he sido dado a compadecerme y lo que perdí entonces quedó en parte compensado por lo que gané: mi soledad, mi amor por el trabajo bien hecho, la habilidad manual que empecé a descubrir en el taller del tío Eloy reparando relojes primero, luego alguna pulsera, entrando después poco a poco en el fascinante mundo de las gemas, del diseño de joyas que acabaría convirtiéndose en mi pasión y mi oficio.

Aquella noche, en el Negresco, me lanzaba Celia miradas esquivas, misteriosas, como si de algún modo que no me atrevía a creer se hubiese quedado prendida de mis ojos, como si buscara en mí algo que yo no era, y eso hacía crecer en mi interior la conciencia del fracaso que tenía que llegar porque yo no podía ser lo que ella buscaba. Yo, un muchacho de diecinueve años que intentaba a trancas y barrancas terminar COU sin tener ni idea de qué iba a ser de su vida futura, un chaval alto y flaco de vaqueros y cazadora de cuero que nunca había salido en serio con ninguna chica. La vi martirizar una servilleta entre sus manos finas hasta que, aprovechando la ausencia momentánea de su amiga, sacó un papelito del bolso y escribió una nota a toda velocidad para acabar destrozándola en el cenicero antes de que la otra volviera y se levantaran para marcharse. Fui a la mesa que habían ocupado, recogí los papelillos rotos, menudos como confeti, sin que me vieran los amigos, me despedí precipitadamente y seguí a las dos mujeres por las calles del centro ocultándome en portales y escaparates ya apagados hasta que vi a Celia desaparecer en una casa de la calle Campoamor, el número 77. Luego me marché como un ladrón y en la soledad de mi cuarto pasé una eternidad recomponiendo aquella nota de letra menuda y nerviosa:

Ven a verme a casa a la una y media. Celia.

Ahora resulta estúpido decir que me mareé, que durante unos instantes tuve la impresión de que mi habitación se ensanchaba y se encogía como en mis peores pesadillas febriles, que me asaltó un miedo desconocido y hubiera dado cualquier cosa por no haberla visto a la salida del cine, por no haberme encontrado con su mirada amarilla.

La Viuda Negra. Una mujer mayor que cita a un muchacho en su casa después de medianoche.

Era casi la una. Tenía media hora para decidir si me atrevía a acudir a aquella invitación, que de hecho nunca había sido formulada, o si me metía en la cama y me olvidaba de todo, que no era nada: una mujer madura, con experiencia, que se ha dado cuenta de la impresión que ha causado en un chico alto y flaco y decide atraerlo del modo más peliculero posible a una aventura sin consecuencias.

El sonido de un claxon atravesando la lluvia ahuyentó los recuerdos y me obligó a mirar al exterior y darme cuenta de que el taxista me estaba esperando en un coche grande y panzudo como sacado de una película en blanco y negro. Metí las dos maletas en el asiento trasero y me acomodé al lado del hombre que olía como a perro mojado.

—¿Lo llevo al hotel o a la fonduca, jefe?

—Al hotel Sandalio —me oí decir.

No sabía si el hotel Sandalio, el que me había fascinado en mi niñez, seguiría funcionando, pero decidí probar aquella noche en la que mis decisiones no importaban porque todas habían sido tomadas como desde fuera, desde otra instancia que supiera lo que yo ignoraba. Aquel hotel fue durante años el único de la zona con derecho al nombre y a la estrella que ostentaba arrogantemente a su puerta, el lugar mágico en el que se alojaban los actores de las compañías ambulantes, los viajantes de comercio y las familias de los novios que venían a casarse con alguna muchacha villasantina; un umbral que los del pueblo no podíamos atravesar porque para eso estaba Dimas tras el mostrador, para impedirnos molestar a los señores clientes a los que mirábamos de niños a través de los cristales de la salita. La idea de cruzar aquel vestíbulo con su cornucopia dorada y subir los peldaños cubiertos por la desgastada alfombra grana me llenaba ahora de satisfacción, como si solo por eso hubiese valido la pena volver a Villasanta.

—¡Qué nochecita tenemos! ¿eh?

La lluvia caía como una cortina sobre el parabrisas del coche y, de vez en cuando, los relámpagos iluminaban con su destello violáceo una oscuridad que se hacía por contraste más profunda cuando cesaba la luz. En todo el camino no nos cruzamos con ningún vehículo y pensé que debía de haberse producido un apagón porque no había alumbrado público y la ruina del castillo, que yo recordaba lujosamente iluminada, no era ni siquiera una sombra sobre el fondo negro de la noche.

El taxi se detuvo frente a una puerta de la que surgía una luz mortecina. No había letrero luminoso.

—Aguarde un instante, ya le ayudo con eso.

Braulio se bajó del coche y empezó a tironear de mis viejas maletas de cuero mientras yo me ponía a cubierto en el zaguán buscando el dinero en la cartera. En ese momento salió otro hombre del interior del hotel poniéndose apresuradamente una zamarra:

—Braulio, bendita sea tu madre. Llegas que ni llovido del cielo. Tienes que llevarme al sanatorio de Los Altos, Lolín se ha puesto de parto. Ya le pagará mañana —me dijo sin mirarme—. Haga el favor de rellenar la ficha que hay en el mostrador y elija la habitación que más le convenga. Las llaves están en sus cajetines. Aunque la mejor es la veintidós. Está usted en su casa, caballero —añadió antes de cerrar la portezuela.

Unos segundos después Braulio y el futuro padre habían desaparecido tragados por la tormenta y yo me encontraba solo en el vestíbulo del hotel Sandalio.

Todo era como en mis recuerdos de infancia: la cornucopia que parecía sacada de un almacén de teatro de aficionados, la baranda de hierro negro con florecitas, la alfombra granate, las misteriosas profundidades de la salita a las que apenas si llegaba la luz del quinqué azulado que brillaba sobre el mostrador de recepción, las llaves doradas en sus cajetines y el silencio, un silencio denso y casi tangible, como el de las iglesias.

Me acerqué al mostrador y empecé a rellenar una ficha, apoyándome en el libro de registro que había quedado abierto, cuando de repente mis ojos se deslizaron hacia la derecha del rectángulo blanco y, casi sin darme cuenta, leí las fechas de nacimiento de los otros clientes del hotel: 1922, 1917, 1924, 1911. Se me quedó la pluma en suspenso, planeando sobre mis datos. La más joven de aquellas personas tenía setenta y cinco años. Aquello debía de haberse convertido en un asilo de ancianos desde que yo me marché de Villasanta, y el taxista debía de haber pensado que yo venía a visitar a uno de los residentes, porque de otro modo no se explicaba que no me hubiese avisado.

Dejé la ficha sin rellenar y cogí la llave de la habitación veintidós dispuesto a quedarme esa única noche, aunque por un momento se me había pasado por la cabeza ir a la que había sido mi casa y olvidarme del hotel. Pero enseguida comprendí lo absurdo que resultaba atravesar medio pueblo bajo la lluvia para refugiarme en una casa deshabitada desde hacía más de veinte años por la simple razón de no querer compartir un hotel presumiblemente confortable con cuatro ancianos.

Cuando me asomé a la ventana de mi cuarto, la calle seguía oscura y desierta y la lluvia se estrellaba con fuerza contra el empedrado con un golpeteo tranquilizador por lo familiar, y cuando me metí entre las sábanas frías, casi húmedas, por un momento me sentí transportado a mi niñez, con la ventana a la derecha y la mesilla a la izquierda, el armario de luna enfrente, la lluvia cayendo imperturbable sobre los tejados, los maravillosos sueños a punto de llegar.

La noche de la cita con Celia no llovía y los sueños no fueron hermosos. En la peor pesadilla que he tenido en la vida, y que he tardado un cuarto de siglo en comprender, me veía bajando de un tren para subir a otro y a otro después, en una estación inmensa de altísimos techos acristalados donde todas las vías se cruzaban formando un laberinto mientras un hombre de uniforme oscuro, sin rostro y sin ojos, con una enorme gorra negra coronando el borrón de su cabeza, me preguntaba con voz estridente «¿Adónde quiere ir?, ¿adónde quiere ir?», y yo, sudando en el sueño y tratando de ver lo que sucedía a mi alrededor, luchando contra los párpados que me pesaban como piedras y se me caían sobre los ojos ocultándome el rostro de Celia, apenas un vislumbre tras el cristal de una ventanilla, me esforzaba en contestar: «Atrás, atrás». Pero la palabra no salía de mis labios y el hombre me obligaba a montar en un tren que iba a otra parte y Celia se alejaba de mí con la cara crispada en un gesto de dolor inconsolable.

Esa mañana me llamé imbécil y cobarde durante todas las clases y traté de pensar cómo volver a verla, cómo hablarle, qué hacer para poder estar a su lado, aunque ella fuera una mujer mayor y yo un muchacho apenas salido de la adolescencia. No se me ocurrió nada. Sabía dónde vivía, pero no podía presentarme allí sin más, sin ninguna excusa que me permitiera retirarme dignamente si ella no quería saber nada de mí.

Bajaba ya para casa, dándole vueltas a todas las peregrinas historias sacadas del cine sobre cómo abordar a una mujer, cuando una compañera me detuvo para preguntarme si iba a colaborar en la colecta del Domund el domingo. Estaba ya a punto de mandarla a paseo y contestarle que tenía mejores planes para el domingo por la mañana cuando de repente se me ocurrió que esa podía ser la solución: presentarme en casa de Celia a una hora temprana aunque razonable, con la excusa de recoger dinero para los negritos. Por supuesto la cosa daba de bofetadas a mi pobre autoestima de los diecinueve años, pero era un posible principio de algo que me importaba demasiado como para detenerme en consideraciones de orgullo viril. Le dije que podían contar conmigo y quedamos para el domingo a las nueve delante de Santa María.

Pero no fue necesario. Nada más llegar a casa, durante la comida, mamá nos informó de que esa noche teníamos que cenar como pudiéramos porque ella se iba al cine con unas amigas a ver la reposición de *Lo que el viento se llevó*, la película estrella de su juventud.

—Hemos quedado en el Casino a merendar y luego nos vamos al cine a hincharnos de llorar cuatro horas seguidas.

No sé por qué mi madre siempre decía «hincharse de llorar» y a ella le parecía el colmo del placer en el cine.

—¿Quiénes vais? —preguntó mi padre.

—Las de siempre, más Celia y Amalín, como en los viejos tiempos.

—El temible grupo del taller de costura de doña Laura —añadió él con una sonrisa llena de recuerdos.

De repente sentí la boca seca y tuve que apoyar el tenedor en el plato para que no vieran cómo me temblaba la mano. Es curioso que lo recuerde con tanta nitidez, pero si cierro los ojos veo aún la mesa de railite de la cocina, el plato de Duralex, el tenedor de la cubertería de diario posado allí como una mariposa metálica reflejando el sol de las dos de la tarde, mi propia mano de dedos largos y huesudos que al correr de los años se hicieron tan fuertes y hábiles y que en ese momento aún no habían recorrido la piel cremosa de Celia.

—¿Puedo ir con vosotras o solo van mujeres? —pregunté para mi propia sorpresa.

Mi padre estaba perplejo:

—¿Desde cuándo te interesan a ti esas cosas?

—No sé. He oído hablar tanto de esa película que me gustaría poder opinar.

—¿Puedo ir yo también? —preguntó mi hermana.

Mi madre estaba casi orgullosa.

—Vamos todos, si queréis. Pero a la merienda no. Eso es para las chicas del taller de costura. Ahí, de hijos, nada.

La película empezaba a las ocho. A las siete y cuarto, Carmina y yo estábamos en la puerta haciendo cola, guardándoles el turno a nuestra madre y sus amigas; yo tenía la impresión de que me desmayaría al ver a Celia.

No tuve ocasión. Cuando por fin llegaron, como una bandada de palomas atraídas por un puñado de arroz, Celia no venía con ellas. Tuve que morderme los labios para no preguntar dónde estaba pero, por fortuna, una conocida de mi madre que llevaba ya en cola tanto rato como nosotros lo hizo por mí. Así me enteré de que Celia había tenido que ir a la estación a recoger un paquete y vendría directamente al cine.

Nos sentamos en dos filas y mamá me susurró al oído:

—Guárdale tú un asiento a Celia. Esto está de bote en bote y, si lo guardo yo, me veré en algún compromiso.

Cinco minutos después de empezar la película llegó ella. Le indicaron por señas dónde estaba su asiento, yo quité la cazadora que lo reservaba y, por un segundo, nuestros ojos se encontraron. No me enteré de nada de lo que pasó en la pantalla durante cuatro horas. Recuerdo fugazmente un cielo incendiado, dos perfiles: uno moreno y otro pálido, una gran casa blanca. Nada más. Todo mi recuerdo se concentra en la sensación eléctrica del cuerpo de Celia a mi lado, separado del mío por el brazo del sillón, la palidez redondeada de sus rodillas, sus manos apretándose entre sí como rezando una oración torturada, las lágrimas que se le escurrían por la mejilla derecha y que se secaba con un pañuelo antiguo, un olor también antiguo, como a violetas, que emanaba de su cuerpo cuando se movía en el asiento.

Al salir, todas las mujeres sonrientes y con los ojos enrojecidos, Celia tuvo que recoger en el bar del cine el famoso paquete que le habían estado guardando durante la proyección.

—A ver —dijo una de las amigas de mi madre—. ¿No habría por aquí un caballero que le llevara a Celia el paquete a casa? Pesa un quintal. —Y me miró abiertamente.

Yo tartamudeé algo que debía de parecer una afirmación y alguien me colocó el paquete entre los brazos, como un niño gigante que no me dejaba ver la figura de Celia caminando delante de mí sin prestarme atención, una diosa blanca seguida de su porteador por algún misterioso laberinto. Así subí tras ella los tres pisos de escalera estrecha y oscura y me detuve en el descansillo mientras ella abría con una llave enorme, me indicaba la consola donde debía depositar mi carga y cerraba la puerta de entrada.

Nos quedamos parados en el vestíbulo, mirándonos sin vernos apenas en la oscuridad de la casa, solo aliviada por la luz de la farola que se colaba a través de los cristales del mirador. Ella se descalzó los guantes, muy despacio, respirando rápido, como si los tres pisos hubieran sido un esfuerzo desmedido.

—¿Quién eres tú? —me preguntó con una voz que temblaba.

—El hijo de Marga —contesté.

—Vete, anda. Es tarde. Gracias por...

No podía contestar; era como si una mano invisible me estuviera estrangulando. Aquella mujer me atraía de una manera que nunca he podido explicarme; como si me hubiera clavado un arpón y se divirtiera largando el cabo y volviéndolo a tensar mientras el hierro se me clavaba cada vez más hondo. Pero no se divertía. Había algo doloroso en su expresión, como si no consiguiera dejarme marchar, como si ella sintiera también la mordedura del arpón que me mataba.

Pasé por su lado sin mirarla, hacia la puerta que estaba a sus espaldas. Ella levantó una mano no sé si para despedirme o para detenerme y sus dedos terminaron parados a la altura de mi sien en una caricia tal vez involuntaria. Sentí un choque eléctrico que casi me dejó ciego, pero no me aparté. Poco a poco, con una lentitud exasperante, su mano bajó por mi mejilla, volvió a subir, se enredó en mi pelo, bajó hasta mis labios, que, sin poderlo evitar, se contrajeron en un beso del que ya estaba a punto de arrepentirme cuando ella dio un paso hacia mí y de repente su boca tomó el puesto que los dedos habían ocupado un segundo atrás.

No sé cuánto tiempo nos besamos allí, delante de la puerta cerrada, en la oscuridad. Un tiempo que ningún reloj podría medir, un tiempo que no transcurría en este mundo.

—Has vuelto, Dios mío, has vuelto —la oí murmurar.

No lo entendí y no me importó. Todo lo que me importaba era tenerla abrazada, sentir su cuerpo, su deseo, el milagro que nunca me hubiera atrevido a esperar.

Volvimos a besarnos largamente, desesperadamente, como si fuera una despedida en lugar de un principio. Luego se apartó de mí, jadeante, se apoyó un momento en la puerta y la abrió de par en par.

—Es tarde. Marga te estará esperando.

Yo quería decirle que no importaba, que me dejara quedarme a su lado, aunque fuera solo un beso más, pero no me atreví. Agaché la cabeza y crucé el umbral sin preguntarle cuándo y cómo nos volveríamos a ver, si ella quería que nos volviéramos a ver de nuevo.

Antes de cerrar la puerta murmuró, en un tono de voz tan bajo que casi tuve que imaginar sus palabras:

—Mañana es sábado. Inventa algo y ven a verme por la noche a... —hizo una pausa que se me antojó eterna— las once. No: a las diez. Si quieres... Te he esperado tanto tiempo...

La puerta se cerró y yo regresé a casa como drogado, caminando como un muñeco, como el robot de cuerda que me regalaron a los ocho años, un paso detrás de otro sin saber por dónde iba, hasta que en algún momento me encontré en mi propia cama, durmiendo y despertando cada pocos minutos, temiendo que todo hubiera sido un sueño, que Celia nunca hubiera regresado de la estación y sus besos y su mensaje no hubiesen sido más que un espejismo.

Así dormí también aquella primera noche en el hotel Sandalio: a golpes, despertando intermitentemente con las campanadas del reloj de Santa María, con la lluvia que había cesado en algún momento de la madrugada dejando un vacío, como un agujero en la noche, lleno de un repentino silencio pastoso, sintiéndome indefenso frente a un peligro por determinar. Despertaba desorientado, sin saber dónde estaba, creyendo por momentos que me hallaba en mi vieja habitación infantil, que si llamaba entraría mi madre a ponerme la mano en la frente, a preguntarme qué me pasaba. Me daba cuenta al cabo de unos segundos de que era un hombre adulto acostado en una cama del hotel Sandalio con un colchón de lana que se hundía como una trinchera en el centro, un hombre que debería estar en Oneira, después de haberse despedido del tío Eloy, decidiendo cómo matar el tiempo hasta la salida de su avión y, sin embargo, por un ridículo capricho, estaba en Villasanta dispuesto a pasar una mañana contrastando sus apolillados recuerdos con el presente y, una vez asumida la realidad, volvía a dormirme.

Me levanté temprano, con la primera luz, entré en un baño antediluviano y me afeité con agua fría pensando en salir a dar una vuelta por el pueblo y contemplar los estragos que el tiempo habría hecho en Villasanta mientras hacía balance de los que había hecho en mi rostro: leves ojeras, canas por todas partes y unos ojos que fueron brillantes y se habían vuelto opacos como guijas de río sacadas del agua. ¿Cómo estaría mi pueblo? Difrazado de modernidad, como todos, lleno de edificios flamantes que habrían venido a sustituir las viejas casas de dos pisos con su mirador arriba y su puerta principal siempre entornada, con hipermercados, bingos y cafeterías, con videoclubs en lugar de los enormes cines de mi juventud, que habrían sido sustituidos por los elegantes minicines de los que tan orgullosos solían sentirse los alcaldes modernos. ¿Qué quedaría de mi época que aún pudiera yo reconocer? ¿Estaría aún la casa de Celia? ¿Me atrevería a volver a aquella casa, a pasar al menos por delante de su puerta y recordar? ¿Tendría el valor de buscar su nombre en la guía telefónica, llamarla, invitarla a un café después de veinticinco años de ejercitarme en olvidarla, y confesarle mi fracaso?

Me puse el mismo traje que llevaba el día anterior —el que me había decidido a llevar para despedirme del tío Eloy, que siempre había sido partidario del más estricto estilo conservador— pensando en darle una alegría al viejo antes de marcharme a Nueva York a empezar una nueva etapa de mi vida, a diseñar joyas para las mujeres americanas que hacía unos años, y gracias a Madeleine y su tienda de exquisiteces, habían descubierto mi estilo algo anticuado, vagamente modernista. Ahora, de repente, me veía más disfrazado que nunca con el traje gris oscuro, la corbata de rayas y la gabardina azul —mi modesto homenaje a Cohen—, como un viajante de otros tiempos. Pero me daba pereza abrir la maleta y buscar entre mis cosas los vaqueros y un jersey. No pensaba quedarme tanto tiempo como para deshacer el equipaje; mi idea era marcharme esa misma tarde y llegar a Oneira a tiempo para la cena que el tío Eloy se empeñaría en pagar en el restaurante que esa temporada gozara de su aprobación.

Bajé a recepción cuidando de no hacer ruido. Los viejos tienen el sueño ligero y eran poco más de las siete. Aún tenía que pagar la habitación y el taxi que me había llevado allí y quería acercarme al Negresco a ver si seguían sirviendo bollos de crema para el desayuno, antes de dar el largo paseo que me llevaría a todos los lugares de mi recuerdo.

Había un hombre de mi edad en el mostrador, con bigote y pelo cortado a cepillo, vestido también de traje, que me saludó en cuanto me oyó bajar:

—¡Buenos días! ¿Sabe usted por casualidad dónde se ha metido Dimas?

El nombre me hizo sonreír. Era posible que el viejo Dimas hubiese querido repetir la hazaña imponiéndole el mismo nombre a su hijo y que este fuera desde hacía unas horas orgulloso padre de un nuevo Dimas, diminuto e ignorante de su destino.

—No sé si hablamos del mismo —contesté—, pero cuando llegué yo anoche, se marchaba al sanatorio porque su mujer estaba de parto.

—¡Hombre! ¡Por fin! La pobre ya había salido de cuentas y el chaval no se decidía a venir al mundo. —Dio una palmada doble contra el mostrador—. En fin, yo me tengo que marchar, así que lo mejor será que le deje el dinero en el cajón con una nota. Estas cosas nunca se sabe cuánto pueden durar y yo esta noche tengo que estar ya en Montecaín después de visitar a cinco clientes.

Sacó la cartera y de ella, para mi asombro, un billete de quinientas pesetas, uno de aquellos billetes azules que yo recordaba de mi juventud y que no había vuelto a ver en años. Estaba ya a punto de preguntarle si me dejaba echarle una ojeada cuando mi mirada cayó sobre el calendario que colgaba de la pared del fondo en la pequeña oficina lateral.

—Perdone —pregunté con la boca repentinamente seca—. ¿Sabe usted a qué día estamos?

—Once de septiembre.

Eso era verdad. Pero ¿de qué año? Esa era realmente la pregunta que no conseguía salirme de dentro. Porque si aquel calendario no era un simple adorno, allí los grandes números sobre la página del mes de septiembre rezaban 1952. Y eso era imposible.

A pesar del modelo de taxi que me había traído al pueblo, de la falta de luz de la noche anterior, del estilo del bigote y del traje de aquel hombre, a pesar del calendario y el billete azul, aquello era imposible.

—Bueno —interrumpió el otro el amago de histeria que estaba empezando a desencadenarse en mi interior—, pues me marcho. Mucho gusto en conocerlo. Si viera a Dimas, haga el favor de decirle que me guarde el mismo cuarto para las mismas fechas del mes que viene y que tiene el dinero en el cajón.

Apenas se hubo ido el hombre, abrí el cajón, saqué la nota y contemplé largo rato el billete hasta que sus contornos empezaron a desdibujarse frente a mis ojos. Luego miré el nombre de la firma: Jesús Martín, conseguí descifrar bajo la florida rúbrica estampada con pluma. Busqué en el libro de registro y allí estaba: Jesús Martín, nacido en Rohíno el 9 de abril de 1917.

El hombre que acababa de hablar conmigo tenía, entonces, ochenta y dos años. Suponiendo que siguiéramos en 1999, cosa que había dejado de ser evidente.

Salí del hotel con una angustia desconocida oprimiéndome el pecho. En la calle del Sandalio nada había cambiado. O sí. Todo dependía del punto de vista. Respecto a mi niñez nada había cambiado. Respecto a mi juventud los cambios eran llamativos: las farolas del alumbrado público que a mis doce años estaban recién instaladas, no existían aún, sino que en cada cruce de calles y en mitad de la manzana había un cable del que pendía una bombilla como las que yo recordaba vagamente de mi primera infancia; no había coches aparcados; la planta baja al comienzo de la calle Nueva, donde siempre había habido una farmacia que solía estar de guardia los domingos, era ahora la puerta de una casa particular.

Mis pasos sonaban huecos sobre el empedrado, húmedo de la noche anterior. La plaza de San Onofre estaba desierta, con su estatua en el centro, arropada en un sudario de niebla baja, y todas las tiendas transformadas en cuchitriles cerrados con cierres metálicos y contraventanas de madera pintada de gris, al abrigo de sus soportales neoclásicos. La calle Nueva se extendía recta y acristalada de miradores en una perspectiva solo interrumpida por la orgullosa verja de hierro del casino, cubierta de hiedras y madreselvas. Ni un edificio de pisos, ni un garaje, ni una papelera.

La soledad me hizo convencerme de que se trataba de un sueño y, precisamente por serlo, no quise despertar. Si mi mente me ofrecía el espectáculo de un tiempo casi perdido en las profundidades de la memoria, debía disfrutarlo mientras durara, sin pararme a pensar; sin embargo el vaho que salía de mi boca en la mañana fría, el rumor de mi estómago y el olor a horno de leña que había empezado a adueñarse de la plaza parecían empeñados en convencerme de que, para tratarse de un sueño, la claridad y la intensidad de mi percepción eran francamente excesivas. Yo solía soñar en colores, pero nunca había habido olores en mis sueños y nunca me había rugido el estómago de aquella manera.

Al cabo de unos minutos la soledad se desvaneció: empezaron a atravesar la plaza grupos de muchachas cogidas del brazo con el pelo cardado y las faldas estrechas y largas, trabajadores de pantalón de pana y jerséis tejidos a mano apresurándose para llegar a la fábrica con la fiambrera bajo el brazo, hombres con boina y zamarra, algún caballero bien vestido que se rozaba el ala del sombrero al paso de ciertas señoras que iban al mercado con la cesta al brazo o, con una rebeca por los hombros, apretaban la cartera en una mano mientras en la otra llevaban una bolsa del pan, aquellas bolsas de tela bordadas a punto de cruz que nuestras compañeras tenían que confeccionar en la clase de labores mientras nosotros jugábamos al fútbol en el descampado que había enfrente del colegio.

La escena tenía una cualidad inquietante, cinematográfica, como si todas aquellas personas se hubieran lanzado a la calle en mi exclusivo beneficio para convencerme de la realidad de mi situación, como si la niebla estuviera siendo fabricada por alguna máquina silenciosa cuidadosamente oculta en alguno de los sótanos que me rodeaban, como si el sol que empezaba a teñir de rosa los tejados brillantes de lluvia fuera un gigantesco proyector construido para iluminar la escena.

Me planté en la esquina frente a la estatua de san Onofre como un disciplinado turista que no quiere perderse ninguna de las atraccciones que le salen al paso y me quedé allí un buen rato, contemplando embelesado aquel mundo inexistente.

Todos me miraban al pasar. Los hombres discretamente, lanzando la mirada en mi dirección como al desgaire y apartando la vista enseguida; las mujeres más abiertamente, sobre todo las jóvenes, que se alejaban de mí dándose codazos, lanzando risitas y en ocasiones volviendo ligeramente la cabeza con cualquier excusa. Nunca había sido consciente de que las clases sociales estuvieran tan marcadas, de que se notara tanto quién era trabajador, quién empleado, quién ama de casa, quién señora de casa rica. La cabeza estaba empezando a darme vueltas y los pies se me habían quedado fríos en aquella esquina en la que había acabado por sentirme como lo que era: un intruso, un forastero en Villasanta.

Yo siempre me había sentido inadecuado, a pesar del amor de mi familia, de mis tres o cuatro compañeros del instituto, de los dueños de las tiendas a las que mi madre me había mandado toda la vida a hacer recados, que me saludaban y me preguntaban por los estudios y por las novias que nunca tuve. Incluso en mis mejores épocas, cuando me refugiaba en la biblioteca municipal a soñar en un futuro esplendoroso hasta que doña Rosario apagaba las luces a las diez y me echaba a la calle, mi único deseo había sido escapar de Villasanta para marcharme a un lugar del que pudiera sentirme parte, un lugar mítico como Samarcanda, París o, en las fases de modestia, Madrid o incluso Oneira. Es algo que no he logrado jamás. No fui feliz en Oneira, no lo fui en Madrid, no creo que llegue a serlo en Nueva York, especialmente ahora, después de lo que ha pasado.

Y sin embargo aquel día en que me desperté después del beso de Celia pensé que lo había conseguido. Que si nunca me había sentido a gusto en mi propia piel era porque yo esperaba que fuera un lugar el que colmara mis deseos y nunca una persona. «Celia es mi hogar —pensé aquella mañana—. La mujer que me ha sido destinada.» ¿No lo había dicho ella misma: «Te he esperado tanto tiempo»? Había llegado el momento que yo nunca había podido imaginar. El dedo de Dios me había tocado.

Aquel día, en clase de literatura, el profesor, un muchacho entusiasta que acababa apenas de terminar la carrera y estaba empeñado en compartir con nosotros todo lo que le apasionaba, nos trajo los *Veinte poemas de amor* de Neruda y esos versos, que en otra ocasión me habrían hecho reír, estuvieron a punto de sacarme las lágrimas en plena clase. Todavía ahora, un cuarto de siglo después, puedo recitar de memoria el poema 16, aunque fue el 20 el que marcaría mi futuro. El 20 y la «Canción desesperada». Pero yo eso entonces no lo sabía. Entonces no pensé más que en las horas que faltaban hasta las diez de la noche, en la excusa que les daría a los amigos, en lo que diría en casa, en que a las once de esa misma noche yo pertenecería a alguien por primera vez y para siempre y Celia sería mía.

Cierro los ojos y la nieve de Nueva York sigue cayendo tras de la ventana mientras acuden a mi mente los recuerdos de aquella noche, desconectados, desgastados por los bordes como las páginas de un libro muy amado: Celia temblando, Celia desnuda, Celia abierta como una magnolia, crucificada de pasión en su cama de hierro, Celia llorando, besándome, enseñándome a amarla lentamente, a matarla y revivirla y volverla a aniquilar.

Fueron los tres meses más hermosos de mi vida, a pesar de las peleas, del secreto, del andar escondiéndonos siempre para que la gente del pueblo no nos viera. Yo quería que fuéramos juntos a todas partes, ella se negaba. Yo le proponía ir a Montecaín a un hotel para estar juntos sin el miedo al qué dirán que a ella tanto le preocupaba y yo achacaba a su educación monjil y fascista. A ella le aterrorizaba la simple idea de tomar el tren y recorrer los ridículos treinta kilómetros hasta la libertad condicional. Yo quería que nos casáramos. Ella se reía en mi cara y me decía que eso nunca, eso jamás. «Jamás», repetía y repetía hasta que yo me marchaba de su casa cerrando cuidadosamente la puerta para no dar el portazo que habría puesto fin a nuestro amor. Fueron los únicos tres meses de mi vida, porque el resto, lo de antes y lo de después, también ha sido vida pero en sordina, en tono menor, como si a una película le bajaran el volumen hasta que todo se oye en susurros y los colores se difuminan hasta el sepia, hasta el blanco y negro. Pero no me quejo. Hay quien ha tenido menos: yo tuve aquellos tres meses y los últimos tres, los de mi regreso a Villasanta que comenzaron aquella mañana fría en el Negresco, esplendoroso con sus espejos recién comprados y el terciopelo de la tapicería sin una mancha.

Me acomodé a la mesa del fondo, y ya estaba a punto de pedir un café y un bollo de crema disfrutando de la tranquilidad y excitado por la idea de poder leer un diario de dos años antes de mi nacimiento cuando me di cuenta de que no llevaba dinero con el que pagar la consumición. Aquello podía muy bien ser un sueño, pero si lo del dinero no funcionaba podría acabar confesando en sueños mi situación a una pareja de la Guardia Civil franquista y eso, tanto en la realidad como en el sueño, me asustaba. De modo que salí precipitadamente del café, volví al hotel, un par de calles, abrí el cajón y me apropié del billete de quinientas.

Al pagar con él, aún asustado de lo que pudiera pasar, un Fabián jovencísimo se echó las manos a la cabeza y me dijo que no podía cambiar un billete tan grande, que por qué no me acercaba al banco y volvía después a pagar. Eso me dio la idea crucial: los dólares americanos no han cambiado en los últimos cien años y, si aquello era realmente la España de los cincuenta, nadie iba a hacerle ascos a cambiar unos cientos de dólares a un viajero.

Fui al banco, pero después de debatir un rato sobre si podían hacer esa transacción a alguien que no llevaba encima ningún documento de identidad, me pidieron mil perdones y me rogaron que volviera con una cédula personal o un pasaporte en regla. Salí de allí sin saber qué hacer, me senté en un banco de la plaza del Magnolio y empecé a darle vueltas al asunto. Lo primero que me vino a las mientes era que podría hacerme pasar por mi padre, pero enseguida me di cuenta de que en un pueblo del tamaño de Villasanta todo el mundo lo conocía, sin contar con el hecho de que si realmente estábamos en 1952, mi padre tenía veintisiete años, dieciocho menos que yo. Pensé también en mi abuelo paterno, que murió poco antes de que yo naciera y ahora andaría por los setenta; repasé los nombres de todos mis tíos varones hasta que me acordé de que mi tío abuelo Pablo, el hermano de mi abuela Dora, había muerto en Pamplona en 1950. Mi abuela se había pasado mi infancia enseñándonos los viejos papeles que guardaba en una caja de hojalata en el armario de la sala junto con las fotos antiguas y las condecoraciones del abuelo Román.

Si ahora iba a su casa y conseguía entrar de alguna manera, podría apropiarme de la cédula de identidad del tío Pablo, que no era villasantino, ya que mi abuela había venido desde Rohíno después de su matrimonio, y en lo que quedaba del día tendría una fecha de nacimiento y un nombre adecuados. La abuela tenía siete hermanos, no era probable que nadie llevara la cuenta de cuántos vivían y cuántos no, estábamos en plena posguerra y aún quedaban desaparecidos.

Sentí un desasosiego desconocido al entrar en la casa de la abuela, que apenas recordaba de mis primeros años, porque justamente el mes en que tomé la comunión la derribaron para construir un edificio de pisos. Pero, a la vez, junto a ese nerviosismo, se apoderó de mí una exaltación especial, como si llevara medio siglo muerto y hubiera vuelto a la vida.

La puerta estaba entreabierta tras la persiana echada, como yo sabía que era habitual. La abuela habría ido al mercado o a comprar el pan. De todos modos me detuve en el quicio y llamé:

—Ave María Purísima. ¿Hay alguien en casa?

—No recibí respuesta y, después de esperar unos segundos, empujé la puerta y entré.

Recordaba con claridad el suelo de baldosines que formaban un dibujo geométrico que a veces aún me viene a la cabeza, pero yo pensaba que la puerta de la sala era la de la izquierda y me equivocaba: a la izquierda se encontraba su dormitorio, la sala estaba enfrente, con los dos sillones de orejas y el enorme aparato de radio presidiendo el espacio como un sultán en su trono. Crucé en dos zancadas hasta el armarito de los cristales verdes, abrí el cajón de arriba y allí estaba la caja con sus fotos y sus documentos de muertos familiares y desconocidos. El corazón me latía como un martillo neumático y, aunque me habría gustado sentarme en uno de aquellos sillones y mirar las fotografías con calma, sabía que cada segundo pasado en la casa era una temeridad adicional, así que saqué la cédula del tío Pablo, que, además, si mis recuerdos no me engañaban, había luchado con los franquistas, y en un instante me encontré de nuevo tras de la persiana, a un paso de la calle.

Me tropecé con una muchacha que entraba en ese momento y que me pareció conocida.

—¿Buscaba usted a alguien? —me preguntó con una ligera entonación de miedo, mientras miraba por encima del hombro como intentando encontrar alguna protección.

—Don Javier Orellana, el médico —balbuceé.

—¡Ah, sí! Es natural que se haya confundido. Es la puerta de al lado.

—Usted perdone, señorita —dije llevándome la mano al sombrero como había visto hacer.

Mi madre desapareció en la casa y yo tuve que apoyarme en la pared durante unos momentos, mientras los ojos se me llenaban de lágrimas y el pecho se me apretaba cortándome la respiración. Si aquello era un sueño, estaba resultando condenadamente exacto. Aquella muchacha era mi madre hacía cuarenta y siete años y, como aún no se había casado, vivía en casa de la abuela. Mi madre a los veintidós años, joven, fresca, tan bonita como en las fotos antiguas, pero a todo color y en movimiento, con una voz cristalina que ahora me traía recuerdos de mi primera infancia, de las nanas que me cantaba antes de dormir. Me pasé el pañuelo por los ojos, por la frente que se me había cubierto de sudor, a pesar del fresco de la mañana, y pensé por un instante llamar a la puerta con cualquier excusa y hablar con ella de nuevo, bañarme los ojos en su presencia, en su sonrisa, cogerle la mano quizá. Pero sabía que era una locura. En aquel sueño, o lo que fuera, yo era un perfecto desconocido veinte años mayor que ella. Yo estaría todo el tiempo deseando abrazarla, deseando contarle lo que me había sucedido, lo que nos había sucedido, y ella miraría a todas partes con ojos asustados creyéndome un loco escapado del manicomio. No podía ser. Mi madre había muerto años atrás, en el hospital de Oneira, consumida por un cáncer, dándonos una mano a mi padre y la otra a mí. Ese había sido el final, y lo que se me ofrecía ahora era un espejismo nacido del deseo, de la nostalgia, de la perentoria necesidad de volverla a ver, siquiera una vez, antes de marcharme de España para siempre. Tenía que contentarme con eso.

Hice un par de inspiraciones hondas tratando de recuperar la compostura. No me había reconocido. Mi propia madre había podido cambiar conmigo un par de frases sin saber quién era yo, sin que su corazón le dijera quién era aquel extraño. Me dio un ataque de risa histérica, y por miedo a la reacción de la gente tuve que disfrazarlo de ataque de tos en el mismo vestíbulo de don Javier, bajo la compasiva mirada de media docena de villasantinos. Por supuesto que no me había reconocido. Ella era soltera y yo un forastero de cuarenta y cinco años.

—¿Tiene usted número? —me preguntó Carita con su voz chillona, la que desde tiempos inmemoriales había sido la enfermera de don Javier y me había tenido agarrado con su fuerza de luchadora en media docena de vacunas.

—No, señora. No es nada grave. Volveré más tarde.

—Esta tarde don Javier visita solo a los enfermos de su iguala.

—En ese caso volveré mañana.

Eché una última ojeada al zaguán alicatado de azul y negro con sus bancos de madera torneada y volví a la calle. El basurero, con su carro maloliente tirado por una mula escuálida, hacía su ronda matutina. Fui al banco, cambié unos cientos de dólares, volví al hotel, que seguía desierto, dejé el billete de quinientas en el cajón y me fui a dar una vuelta por el pueblo. La niebla había desaparecido, las aceras estaban recién barridas y en las calles más alejadas, ya de tierra, las mujeres habían hecho un dibujo de palmas en el suelo con las escobas. Delante de la que fue mi escuela —de la que sería mi escuela—, prácticamente se acababa el pueblo: lo que yo recordaba como un descampado limitado al fondo por casas de siete pisos era ahora una apertura hacia los prados que se extendían verdes y tranquilos, salpicados de vacas, hasta la falda de la montaña. No pude evitar echar una mirada por la ventana de la planta baja hacia la que fue mi clase de primaria: más de treinta colegiales de todas las edades, vestidos de babatel blanco, se amontonaban en bancos antediluvianos cantando a voz en grito la tabla del seis. En la pared del frente un crucifijo gigante, una foto de Franco joven y marcial y un mapa de España de colorines. Al darme cuenta de que un par de niños habían descubierto mi silencioso espionaje, me rocé el ala del sombrero en respuesta a la mirada inquisitiva de la maestra, una desconocida para mí, y me marché a la fonduca a comprarme una almojábana de almíbar.

A lo largo del paseo, mientras parte de mi mente reconocía alborozada los lugares, los detalles, los colores que había creído perdidos para siempre en el pantano de la memoria, la otra parte, como un ave rapaz describiendo círculos sobre su presa, giraba una y otra vez en torno a Celia. No podía asegurar que mi libertad en aquel sueño fuera lo bastante grande como para decidir sobre mis movimientos inmediatos, pero si lo fuera, caso de que lo fuera... ¿iría a buscarla? ¿Quería yo encontrarme con Celia, con una Celia apenas salida de la adolescencia, con una Celia que quizá no reconocería?

Decidí aplazar la decisión, sabiendo que lo haría, que no podría dejar de hacerlo, que tenía que verla aunque fuera de lejos, ver con mis propios ojos cómo había sido, cómo era ahora que estaba empezando su vida: una muchacha casadera sin pasado y con todo su futuro por delante.

En la plaza de Bustamante —ahora Corazón de Jesús por decisión del nuevo ayuntamiento franquista, supuse— aún no había palomas, pero el templete de la música se alzaba todavía en el centro y el barecillo que recordaba seguía estando en el sótano, con su olor a vino y su saco de cacahuetes. Me senté en un taburete, pedí un vermut con Picon, como solía hacerlo mi abuelo en el colmo de la sofisticación, y empecé a darle vueltas a las próximas horas. Si quería tomar el avión que me llevaría a Londres y luego a Nueva York, tendría que estar en el aeropuerto a primera hora de la mañana siguiente. Si decidía abandonarme al delicioso absurdo de la situación, podía perder el billete y quedarme unos días en la Villasanta de los cincuenta. Al fin y al cabo lo único que podía pasar era que Madeleine tuviera una de sus famosas crisis de histeria y que mis joyas tardaran unas semanas en poder ser expuestas en presencia de su creador. ¿Qué más daba? ¿Quién tiene la posibilidad de ver cómo era el mundo antes de su nacimiento?

Se me pasó por la cabeza que aquello pudiera ser, más que un sueño, una de esas alucinaciones que, según se dice, tienen los que llevan mucho tiempo en coma, entre la vida y la muerte, que aquello fuera solo el cine de mi mente endulzándome mis últimos momentos sobre la tierra mientras mi cuerpo yacía desmadejado en algún hospital para víctimas del último descarrilamiento del Intercity Madrid-Oneira. Pero, curiosamente, la idea no me daba ni frío ni calor. Era simplemente una idea, mientras que la realidad que me rodeaba era tangible y estaba llena de percepciones, aunque los hombres que me rodeaban en el bar del templete pudieran ser solo fantasmas y el famoso vermut Picon del abuelo fuera un recuerdo recuperado del fondo oscuro de mi mente.

Ahora tendría que volver al hotel, rellenar la ficha a nombre de mi tío y, si pensaba quedarme un tiempo, ver de comprarme algo de ropa para pasar por normal en Villasanta. No recordaba si en los años cincuenta se podía comprar ropa en una tienda o si había aún que acudir a un sastre y encargarse algo a medida, pero pensaba averiguarlo por la tarde. Con el dinero que me habían cambiado en el banco, Pablo Otero era razonablemente rico y podía permitirse vivir como tal durante unos días.

Entonces se me ocurrió lo de los pendientes. Si no recordaba mal, la joyería de Mariano estaba en el callejón de detrás de Santa María y era lo más parecido a una joyería selecta que se encontraba por la zona. Me pasaría por la tarde y buscaría unos pendientes para Celia, para enviárselos quizá por correo, anónimamente; la primera de las sorpresas que le traería la vida.

Mariano era como lo recordaba, pero lo que en un viejo parecía normal —las gafas, la calvicie, las mejillas flojas sobre un belfo canino—, en un joven resultaba desagradable, como si llevara una careta de goma que se estiraba y se encogía con cada sonrisa que dedicaba al forastero rico que sabía apreciar sus mejores piezas.

—Esto es lo más fino que tengo —me dijo, poniendo ante mis ojos unos pendientes de perlas montados en oro.

—¿No tendría algo similar pero así —le hice un rápido bosquejo— con cierre catalán y una pequeña perla colgante?

Me miró intrigado.

—Yo también soy joyero. —No sé bien por qué, pero me sonaba mal decirle a Mariano que soy orfebre.

—Aquí se suelen llevar cortos. La moda tarda en llegar. Supongo que ahora en Madrid se llevan como usted dice.

—No sé bien. Yo vivo en Nueva York. —Me parecía importante que se dijera por el pueblo para que nadie empezara a hacerse preguntas sobre el origen de mis dólares.

—Pues aquí esas modas, hasta dentro de cinco o seis años... Hasta que salga en alguna película.

—¿Me prestaría su taller? Por supuesto le pagaré la molestia, además del material.

Yo sabía que a Celia le gustaban las perlas y que en el cajón de su mesita guardaba unos pendientes que nunca me dejó ver y que en mis crisis de celos adolescentes yo identificaba sin ninguna base real con el viejo de quien estuvo enamorada en su juventud. De repente, regalarle una de mis joyas me parecía el único sentido oculto en aquella locura que me envolvía.

A las ocho de la tarde, con el paquetito en el bolsillo, volví al Negresco a tomar un aperitivo antes de ir a cenar al Casino, que era lo que me parecía más correcto en un forastero recién llegado a Villasanta. Había muchas mesas libres y me dirigí a la del fondo por pura inercia. Colgué mi gabardina en el perchero instalado a la vienesa detrás de mi cabeza y decidí tomar un vino del país mientras miraba a la gente que pasaba por la estrecha acera y a los que iban entrando a tomar un tinto antes de volver a casa a cenar. Me llamó la atención un grupo de muchachos que entraron sacudiéndose como perros el agua de la lluvia que había empezado a caer mansa y tibia, casi discreta, como es la lluvia de otoño en Umbría. Eran cinco. De unos veintitantos años, obreros o pequeños empleados, a juzgar por su ropa. Se daban empujones y palmadas y se reían con bromas que no llegaban a mi rincón, recordándome a mí mismo con mis compañeros de instituto. Yo a los veintisiete años ya no me reía así ni andaba en manada por los bares.

Había algo conocido en ellos y por un instante pensé que podían ser los padres de aquellos mismos compañeros en los que acababa de pensar, aún solteros, aún empezando su vida; eso me hizo sentirme viejo, desplazado y solo. Solo como no lo había estado jamás, a pesar de mi larga costumbre.

Acababa de decidir que lo mejor sería pagar y marcharse cuando se abrió la puerta y entró un grupo de muchachas, a juzgar por las voces, ya que sus cuerpos quedaban ocultos por la barrera masculina. En ese momento todo el grupo se volvió hacia la pared del fondo, hacia mí, y echó a andar en dirección a la mesa que yo ocupaba. Cogida del brazo de una amiga, con el pelo cardado en un moño inverosímil y con un vestido azul ajustado por arriba y de falda despegada, Celia, una jovencísima Celia desprovista de misterio y de secretos, me miraba curiosa.

Me sentí como si me hubiera quedado paralítico. Celia me miraba, los demás me miraban y yo les devolvía la mirada anonadado por la magnitud de lo que me estaba sucediendo mientras que para ellos solo se trataba de que un desconocido había ocupado su mesa de siempre.

—¿Le importaría cambiarse de mesa? —me preguntó un muchacho de pelo rubio rojizo y cierto aire porcino en los ojillos azules—. Es que siempre nos sentamos aquí, ¿sabe? Para no molestar. Como somos tantos...

El *déjà vu* era tan fuerte que tenía la impresión de que el mundo se había puesto a girar a mi alrededor y el remolino acabaría por tragarme. Celia me miraba, coqueta, sin reconocerme. ¿Cómo iba a reconocerme?

—Esta es su trinchera, ¿verdad? Descuide, yo se la cambio de sitio.

El muchacho dio un tirón a mi gabardina azul y le desgarró un trozo de la costura del cuello, ante los chillidos de alarma de las chicas.

—¡Huy!, usted perdone. Es que nunca había visto que las trincheras llevaran esta trabilla para engancharlas a los percheros, ya ve.

—Es que es americana —mentí, cuando fui capaz de hablar.

—¡Ah! Ya se comprende.

Celia se soltó del brazo de su amiga y se adelantó:

—Trae, manazas, trae. Yo se la arreglo, no faltaba más.

—No se moleste, señorita, no tiene importancia. —Las palabras salían sin que yo las pensara.

—Pero si no me cuesta nada, hombre de Dios. Además, soy modista... Bueno, casi —terminó entre risas de sus amigos—. ¿Se hospeda usted en el Sandalio?

—Claro —intervino otra de las muchachas—. No iba a estar en la fonduca de Damián y Florinda.

—Pues mañana mismo se la devuelvo como nueva. Anda, pedazo de bruto —dijo dirigiéndose al que me había desgarrado la gabardina y que al parecer era su novio—, vamos a dejar de molestar a este señor. Lo dicho: mañana se la acerco. Y le vas a pagar el vino al señor, Onofre.

—El vino va por cuenta de la casa —zanjó Fabián la cuestión.

Me levanté para irme sintiendo todo el tiempo en la nuca la mirada de Celia mientras con la mano izquierda apretaba el bolsillo interior de la americana, donde reposaba la cajita de los pendientes. Antes de salir a la calle oí la voz de Onofre: «¿Quién será ese menda?», mezclada con otra, femenina, que preguntaba: «¿No se encuentra bien Margarita, Antonio? Hoy no ha venido al taller.»

En ese instante me di cuenta de que uno de aquellos muchachos era mi padre, pero no llegué a verlo porque la puerta acababa de cerrarse tras de mí.

Ha pasado un día completo. He estado en el taller que me ha buscado Madeleine, he comido con ella y sus dos socias en uno de esos locales para gente guapa donde todas las mujeres parecen presentadoras de CNN y todos los hombres llevan trajes de Armani. Paseando por las calles céntricas adornadas para la Navidad y el Fin de Año que probablemente pasaré solo en mi piso vacío, he tratado de sacudirme la sensación de irrealidad que me domina desde hace una semana. No he podido. Llevo todo el día caminando entre fantasmas: gente aún no nacida, futuros cadáveres, seres apresados en una mínima burbuja de tiempo —noventa años con suerte— que explotará en cualquier momento sin dejar nada más que la salpicadura de lo que fue su esencia. He tratado de tomar la decisión de quemar estos papeles que no interesan a nadie, librándome así de acabar de contarme esta historia cuyo final ya conozco, para no tener que pasar de nuevo por todas las escenas que me acosan, pero ¿de qué serviría, si están siempre ahí, detrás de mis párpados, listas a saltar con la menor excusa?

Antes de volver he subido a la terraza del Empire State y he estado media hora contemplando las luces de la ciudad que el frío de la noche hacía brillar como estrellas caídas sobre la tierra, recordando a Celia, a Celia joven, casi niña, pendiente de mis palabras en la salita del Sandalio cuando yo le describía Nueva York, una ciudad casi desconocida para mí, diciéndome que la ilusión de su vida era subir a la terraza del rascacielos más alto del mundo como había visto en una película, y que su amor la besara allá arriba, con el mundo a sus pies.

La otra Celia, la Celia madura de mi primer recuerdo, ya había estado en Nueva York, un año antes de conocernos. Me lo contó un día en la cama, abrazada a mí, con la cabeza enterrada en el hueco de mi brazo, como si confesara algo vergonzoso: había subido sola al Empire State porque su amiga tenía vértigo, y había esperado que, como en aquella película, sucediera un milagro; que él, surgiendo de la nada, la abrazara de improviso por detrás, le tapara los ojos y la trajera de nuevo a la vida con su beso de amor. Fue la única vez que me habló de aquel hombre. «Pero no sucedió —me dijo—. Era Navidad, hacía mucho frío, toda la gente iba en familia o en pareja. Y yo estaba sola. Angelines me esperaba abajo en una cafetería, muerta de miedo de que la hubiera dejado sola media hora en Nueva York, pero Angelines no era nadie. Luego pensé que era estúpido esperar, peliculero, absurdo. Él tendría más de sesenta años, si aún vivía. Entonces supe que no lo volvería a ver. Entonces supe que solo me quedaba envejecer, que ya no había esperanza. Y luego te encontré a ti.»

Recuerdo mi furia de entonces, mi impotencia, mis ganas de decirle: «Yo te llevaré a Nueva York y haremos el amor en la terraza del Empire State, de noche, entre grupos de turistas, con todas las luces brillando para nosotros». Tardé mucho en decirlo, ya cuando me despedía, y ella echó la cabeza atrás, se rio hasta las lágrimas y me acarició el pelo como si yo fuera un cachorrillo extraviado. Nunca volvimos a hablar de Nueva York. Y sin embargo hace apenas dos horas yo estaba ahí, esperándola como un imbécil, buscando con la vista a una mujer sola de falda larga y pendientes de perlas como era ella en la Navidad del 73 para abrazarla por detrás y terminar de una vez con todos los desencuentros. Pero esto no es Umbría. Aquí el tiempo vuela como una flecha, en línea recta, siempre hacia adelante; no se demora en cabriolas y rizos y volteretas. Aquí no es posible la vuelta atrás.

Extendidas frente a mí, sobre la mesa, hay veinticinco piezas exquisitas: la colección «Celia Sanjuán» que será presentada el 1 de enero en la pequeña galería de la Quinta Avenida. La colección que he bautizado con su nombre porque ahora ya no importa. Topacios amarillos como sus ojos, topacios azules montados en platino, perlas de agua dulce entre volutas de oro, plata y madreperla, ónix y oro blanco; todos los rostros de Celia, todo su brillo, su misterio, su intensidad, concentrados en pequeñas joyas refulgentes para un futuro que ya no será el mío. Lo único que es mío es el pasado.

Nos hicimos novios el día de Todos los Santos. Le había dado los pendientes una noche de octubre en el portal de su casa, después de que ella me contara que acababa de romper con ese novio que quería prohibirle trabajar, que quería dirigir su vida. Habíamos ido al cine todos juntos, cinco parejas, ya sin Onofre, mis padres —mis futuros padres— y sus mejores amigos. Ponían *Lo que el viento se llevó,* esa terrible historia de desencuentros y malentendidos en la que pierde el amor y triunfa la rabia. Celia me dijo que comprendía a Scarlett. Yo nunca he podido. Pero en ese momento entendí sus lágrimas de 1974, cuando ya su propia vida se había convertido en un vivir para nada, en la afirmación de una independencia que le había sido impuesta desde fuera.

¿Cómo podía yo entonces haber comprendido lo que pasaba en su interior, si no era más que un muchacho de diecinueve años deslumbrado por su aura de misterio?

Ahora sé que era imposible. Yo no podía competir conmigo mismo, igual que la Celia joven no podía competir con la madura. En la Villasanta de los cincuenta Celia era una de las muchachas más bonitas del paseo, tanto que a veces, al ir a recogerla a la puerta de su casa, me cortaba la respiración, y su esplendorosa juventud me hacía sentir vergüenza de mí mismo, de mi cuerpo ya en franca decadencia, de mis canas, de las arrugas de mi rostro, y casi no podía creer que ella me quisiera, que me deseara. Sin embargo, toda aquella belleza juvenil no era más que un proyecto, un mero esbozo de la que yo había conocido veinticinco años atrás, y aunque su cuerpo fuera liso y firme y sus pechos duros, cada vez que la abrazaba, cada vez que, escondidos en una granja desierta de los alrededores, entraba en ella, con quien yo hacía el amor incesantemente era con la otra Celia, con la que me había enseñado a amar tantos años antes en una cama de hierro, la mujer marcada, envejecida y misteriosa que me había hecho suyo para siempre.

Y sin embargo estaba dispuesto a dar el paso. Hace apenas dos semanas todo estaba listo para nuestra boda. Mis padres se habían casado a principios de noviembre en Santa María la Blanca y en el vestíbulo de la sacristía se habían anunciado nuestras amonestaciones. El cura tenía nuestros documentos para extendernos el Libro de Familia. Ambos teníamos pasaportes nuevos —el mío a nombre de Pablo Otero—, que habíamos conseguido con rapidez inaudita gracias a que una tía paterna de Celia tenía inmejorables relaciones con la policía local. Las chicas habían estado trabajando día y noche para terminar el ajuar de Celia a tiempo para la boda, a pesar de que su madre se oponía en redondo a que su hija se casara con un hombre venido de ningún sitio, un hombre que hacía regalos caros y decía vivir en el extranjero.

Fue posiblemente en la boda de mis padres cuando dejé de creer que se trataba de un sueño o de una alucinación. Todos mis parientes, los que recordaba y muchos que había olvidado, estaban allí, jóvenes, alegres, endomingados, muertos tantos de ellos. Se celebró el banquete —chocolate, bollería, tarta nupcial— en una sala de fiestas y luego se bailaron pasodobles, valses y jotillas mientras yo miraba aquella procesión de fantasmas de otros tiempos y quería gritar hasta romperme la garganta, decirle a mis padres que tendrían dos hijos y serían felices durante unos años para luego sumirse en la desesperación de perder a Carmina, de tener que ir a París a recoger su ataúd, de perderme a mí luego en las arenas movedizas del amor a Celia, en la trastienda de la joyería del tío Eloy, donde iría convirtiéndome en un solitario, en un lisiado del alma. Quería decirles que la abuela Dora se volvería senil y acabaría encerrada en su cuarto, delirando durante años, confundiendo pasado y presente, muertos y vivos en una zarabanda diabólica que destrozaría los nervios de mi madre. Pero ¿cómo decirlo? Y sobre todo, ¿para qué? Si yo me casaba con Celia a final de mes —me había negado en redondo a la fecha que proponía el párroco: el primer domingo de diciembre— todo podía cambiar. El tiempo cambiaría de rumbo como una veleta golpeada por una ráfaga de viento y todos nosotros tendríamos otra oportunidad, un nuevo camino.

«Me encantan las bodas», me dijo Celia cuando la acompañaba esa noche a casa. «Detesto las bodas», me dijo veinticinco años antes, cuando quise que viniera conmigo a la de un compañero que se casaba rápido antes de que a su novia se le notara el embarazo.

Pero hace dos semanas nos íbamos a casar. El ambiente era asfixiante en la Villasanta del año 52: todas las persianas tenían ojos, todos los miradores estaban ocupados por señoras bordantes y biempensantes que se erigían en guardianas de la moralidad pública. Hasta que encontramos la granja abandonada, hacíamos el amor en los prados de las afueras, sobre un suelo endurecido por la escarcha, bajo los árboles desnudos del comienzo del invierno, temiendo siempre que apareciera la pareja de la Guardia Civil y, con ella, el escándalo. En el 52 su madre estaba aún viva y la casa de Celia era inaccesible, salvo para tomar el chocolate del domingo por la tarde en la salita del mirador desde la que en una ocasión pude entrever la cama de hierro en la que veinticinco años antes había entregado mi inexperiencia a la sed de una Celia salida de un severo traje sastre. «Es el dormitorio de mamá», me susurró entonces al captar mi mirada. ¿Cómo decirle que yo conocía esa cama, el crujido del somier, el tintineo metálico del cabecero contra la pared, la mesita donde ella guardaba sus recuerdos? ¿Cómo decírselo a aquella muchachita de mirada limpia que respondía con una sonrisa confiada y posesiva a todo lo que le contaba, a aquella niña de cuerpo liso y fragante que aún no sabía lo que era perder y desear?

A la otra Celia podría habérselo dicho, aunque no me hubiera creído. El dolor concede a algunas personas la sabiduría que la inocencia niega. A esa Celia podría habérselo dicho. Pero el que conoció a la otra era un muchacho tímido que aún no sabía de desamor, un muchacho sin cicatrices que se quemaba en el fuego de Celia, que aplacaba su sed por unos instantes para volverla más devoradora, imposible de saciar.

Faltaban cinco días para la boda. Antonio, el que sería mi padre dos años después, me acompañó a la sastrería a recoger el traje negro, como si fuera a vestirme para un funeral. La alianza de oro le brillaba en el dedo y aún no había aprendido a considerarla parte de su cuerpo, aún se pasaba el rato dándole vueltas con el pulgar. Al salir fuimos a tomar un vermut al templete:

—¿Sabes? —me dijo—. Al principio tenía miedo de que quisieras quitarme a Margarita. La mirabas tanto...

—Es que tu mujer es muy guapa, hombre. —Le gustó oír que Margarita ya era su mujer—. Pero desde el primer momento supe que era Celia lo que yo quería.

—Hacéis buena pareja. Yo creo que a su carácter no le van los jóvenes. Como no tiene padre...

Se interrumpió al darse cuenta de que no solo me acababa de llamar viejo, sino que pensaba que yo iba a ser una especie de sustituto de figura paterna. Tuve que reírme.

—No pensarás gastarle una mala pasada, ¿verdad? Yo no sé lo que habréis hecho ya, ni es asunto mío, pero Celia es una buena chica y no me gustaría que... —No terminó la frase.

—Descuida, hombre. Si todo sale como yo espero, el mes que viene estamos en Nueva York, ya marido y mujer. —Con el tiempo se me habían ido pegando expresiones de las que me habría avergonzado en mi propia época.

—En cuanto ahorremos lo bastante, iremos a veros.

Nunca salieron de Umbría excepto para recoger en París el cuerpo de Carmina. Yo lo sabía y el último sorbo de vermut me supo amargo.

Al día siguiente yo tenía que ir a Montecaín a recoger los billetes que nos había estado tramitando un amigo de Antonio. Viajar no era cosa fácil en la posguerra, pero con paciencia y amistades se conseguían cosas. Celia estaba enloquecida con la idea del transatlántico que nos llevaría a Nueva York y el avión que después tomaríamos para pasar unos días en las cataratas del Niágara. Quería venir conmigo a Montecaín a recoger los billetes y los dos sabíamos, aunque nunca lo habíamos puesto en palabras explícitas, que aprovecharíamos las tres horas que nos quedaban hasta el próximo tren para escondernos en un hotel discreto del que me habían hablado. Pero no podíamos ir juntos a Montecaín y arriesgarnos a ser la comidilla del pueblo días antes de la boda, de modo que decidimos que ella iría delante con Margarita, con la excusa de algo del ajuar, y yo me reuniría después con ella mientras mi madre daba una vuelta por las tiendas. Ellas tomarían el correo de la mañana y yo iría más tarde en autobús.

Me sorprendió la cantidad de gente que esperaba en la parada, bajo la lluvia, cargada con cestas y paquetes atados con cordel. Llevaba un maletín para disimular un bolso de plexiglás que pensaba regalarle a Celia, el dinero y los documentos de mi época. Atrás quedaba, en la habitación del Sandalio, el traje de novio que muchos años antes vería colgado en el armario de la habitación de Celia y que ella me dijo que había sido el traje de boda de su padre.

Conseguí un asiento en un autobús renqueante, rebosante de soldados y labriegos, y me senté, después de haberle ofrecido el puesto a varias mujerucas de pañuelo a la cabeza y toquilla de lana por los hombros, que me miraron incrédulas e insistieron en quedarse de pie: «Total, nos bajamos ahí delante». Acomodé la cabeza contra la ventanilla y, sin darme cuenta, me quedé dormido. Las carcajadas y la música me devolvieron a la realidad.

Tuve que guiñar los ojos varias veces hasta convencerme de que estaba despierto. La película de vídeo sonaba a todo volumen. Los demás viajeros, casi todos estudiantes y mujeres bien vestidas, se preparaban para bajar en la ciudad universitaria e industrial más importante de Umbría. El periódico que alguien había abandonado en el asiento contiguo decía que era el 20 de diciembre de 1999.

Bajé automáticamente, sostenido por unas piernas que se habían vuelto de goma, sintiendo la náusea en el estómago, y, sorteando el tráfico de la Avenida de la Constitución, me dirigí al café donde habíamos quedado sabiendo que ella estaría allí, con Margarita, tomando un chocolate, esperándome. Solo que veinticinco años antes, en un tiempo que estaba ahora tan fuera de mi alcance como el planeta Marte.

El café existía aún, pero había sido remodelado recientemente y era todo metal y cristal. Las especialidades iban del café irlandés al capuchino pasando por los tés nepaleses. Había dos muchachas sentadas a una mesa que me miraron como si hubieran visto un fantasma. Una de ellas era morena, tenía una pequeña perla clavada en la aleta de la nariz y un tatuaje en el hombro, descubierto a pesar del frío, con un símbolo celta, la rueda del eterno retorno.

Fui corriendo a la estación, tomé el siguiente tren a Villasanta, un cercanías casi vacío, y traté de dormir para forzar el milagro. Siempre podía decir que me había surgido un imprevisto y no había logrado acudir a la cita.

No lo conseguí. La ciudad a la que yo llegué era la misma que me había estado esperando aquella noche de septiembre en la que el tiempo giró sobre sí mismo, una ciudad afeada por el progreso, llena de farolas, de papeleras, de videoclubs; una ciudad donde el Negresco sobrevivía, raído y olvidado, entre cafeterías modernas; donde el Casino había perdido su jardín y se había convertido en refugio de ancianos viudos, abandonados por sus hijos; donde el Sandalio era una ruina de cristales cegados por la pintura blanca: «Próxima apertura de Tarot, librería esotérica».

Recorrí sus calles buscando algo que no podía estar allí. Don Javier, el médico, había muerto hacía años, su hermosa casona había sido ocupada por la filial de un banco; la plaza de Bustamante había recuperado su nombre pero estaba cubierta de baldosas, sucias de desechos de palomas; mi escuela había dejado de existir; la tumba de Carmina mostraba el horror de un ramo de flores de plástico polvorientas y rotas en los bordes; una empresa de construcción había empezado a derribar el edificio de la calle Campoamor donde esa misma mañana Celia se había vestido para su escapada a Montecaín.

En la librería de la estación, mientras esperaba el Intercity de Oneira, compré la lujosa revista *Cien años de Villasanta de la Reina*, editada por el Ayuntamiento para conmemorar el cambio de milenio. No sentí nada. Era como si me hubieran arrancado todas las vísceras, pero la anestesia tuviera aún controlado el dolor. Veía a la gente pegada a las esquinas hablando por el móvil y solo pensaba lo fácil que era comunicarse a finales del siglo XX: marcas un número y a través de miles de kilómetros de distancia tus palabras suenan en el oído del que espera la llamada: «Lo siento, no puedo llegar a tiempo», «Nos vemos mañana», «Te quiero».

¿Cómo decírselo a Celia? ¿Cómo hacer que mis palabras llegaran a su oído joven, confiado? ¿Cómo impedir la burla de Villasanta, la soledad, los veinticinco años de soledad y vergüenza que le esperaban hasta que yo, veinticinco años atrás, pudiera llegar a consolarla durante unas semanas de su pérdida? Si lo hubiera sabido entonces, si hubiera sabido lo que sé ahora, habría podido tragarme fácilmente mi orgullo juvenil, habría podido luchar por ella, en contra de ella incluso, llevármela a Oneira, vivir juntos en una ciudad más grande, aprender a sacarle a la vida el jugo que nos niega por llegar a destiempo. Pero yo no lo sabía, y cuando me dijo «Vete, vete para siempre», me fui.

Yo no sabía entonces lo que aquel amor de juventud había significado para ella; yo no podía saber que me quería a mí, que siempre me había querido a mí, pero en otro cuerpo, en otro espíritu aquilatado por la soledad, por el dolor, por el tiempo, que la pasión que había sentido por mi yo de diecinueve años se había ido borrando en la comparación constante con el recuerdo de aquel viejo a quien tanto odié y que era también yo, pero distinto.

En el avión hojeé la revista deteniéndome en las fotos de los años cincuenta, buscando entre los grupos a algún conocido. Había una página dedicada a los famosos paseos dominicales de la calle Jardines donde las villasantinas lucían los novios como si fueran perros de raza. Allí me descubrí, con el traje cruzado que me había hecho el sastre nada más llegar, de perfil a la cámara, la cabeza girada hacia Celia, que, con su vestido de domingo, el granate que daba color a sus mejillas y que en la foto era gris oscuro, respiraba orgullo y felicidad por todos los poros. El pie de la foto rezaba: «*c.* 1952. La conocida modista villasantina Celia Sanjuán y un caballero desconocido». Un caballero desconocido que era yo ahora, con mis sienes canosas, envejecido por el traje y la corbata, un hombre mayor que abandonó a una muchacha al pie del altar después de haberse aprovechado de ella. Una historia vulgar, tópica, ridícula.

En las páginas del final venían los nacimientos, bodas y defunciones del último año del siglo XX.

No sé lo que me llevó a buscar su nombre, pero allí estaba: «Celia Sanjuán, modista, calle Campoamor 77, tercero izquierda, falleció tras larga y penosa enfermedad en el hospital de Los Altos el 1 de noviembre de 1999».

Se me nubló la vista y me costó un esfuerzo casi imposible no echarme a llorar en medio de aquella gente que se iba a Nueva York a recibir el milenio.

Yo había estado paseando con ella mientras ella moría en un hospital sin nadie que le cogiera la mano, yo le había regalado aquellos pendientes mientras ella sentía que se le acababa el tiempo y que el novio de su juventud ya no vendría a buscarla, yo había estado haciendo el amor con ella mientras la enterraban en el cementerio que el día antes había visitado para despedirme para siempre de Carmina y donde no se me ocurrió buscar su tumba, la de Celia.

Ha empezado a nevar. Las joyas brillan bajo la lámpara de trabajo. La voz espesa de Cohen resbala como miel envenenada por mis recuerdos. No quiero escribir más.

Mañana es el último día del siglo. Mañana, con mi famoso impermeable azul que tantas miradas de soslayo me ganó en la Villasanta de los años cincuenta y que propició mi encuentro con Celia, subiré de nuevo al Empire State. Si, fuera de Umbría, hay un lugar y un momento donde lo imposible pueda suceder, tiene que ser allí y mañana a medianoche. Subiré a esa terraza donde ella me buscó la Navidad de 1973 y, con los ojos cerrados a la nieve, a las luces y a los fuegos artificiales, esperaré el milagro.

Páginas encontradas de un cuaderno de Celia Sanjuán

Es absurdo escribirte, Pablo. Hace treinta años que desapareciste de mi vida cuando yo era una muchacha vestida de blanco, y sé muy bien que no volverás; pero la soledad a veces juega malas pasadas, una cosa lleva a otra y los recuerdos acuden en cascada sin que nadie les haya dado permiso para volver mi vida del revés.

Hoy, viendo la tele, un programa regional sobre las bellezas naturales de Umbría, sus leyendas y sus artesanos, he visto unas joyas que me han quitado el aliento. Las hace un orfebre local en un taller de Oneira, pero podrían ser tuyas. No he captado el nombre del artista ni han dicho nada de él; solo esas joyas deslumbrantes de perlas y madreperla y plata y ónix, joyas que no parecen fabricadas, sino nacidas, como las que hacías tú, como los pendientes que me regalaste hace media vida y que brillan ahora aquí sobre el tapete bajo la luz del flexo.

Tardé mucho en volverlos a usar. A punto estuve de tirarlos, pero no pude. Eran lo único que me quedaba de ti: los pendientes, y el traje de novio que te dejaste colgado en el armario del hotel Sandalio y que me trajeron al cabo de unos días para poder dejar libre la habitación que ocupaste durante tanto tiempo y a la que nunca subí, salvo mucho después, ya sola, buscando tu fantasma, buscando algún mensaje que a Dimas pudiera habérsele pasado al hacer limpieza.

Fue patético, Pablo. Ahora, después de tanto tiempo, puedo decírtelo. Me puse de rodillas y busqué debajo de la mesa, de la cama, entre las tablas del armario, por el rodapié. Algo en mí me decía que todo aquello tenía que ser un malentendido, que no podías haberme abandonado de ese modo, que, al menos, habrías dejado un mensaje, cualquier cosa, un número de teléfono, una dirección.

No había nada, lo sabes muy bien, y yo también lo sé y sin embargo...

He pensado ir a Oneira, buscar a ese artesano, plantarme frente al escaparate y mirar al interior por encima y por detrás de las joyas. Porque ese orfebre... podrías ser tú. Pero ¿y si lo fueras?

Se me desboca la imaginación cuando lo pienso: tú, mi amor, treinta años más viejo, un hombre de setenta y cinco, un anciano metido en su taller, entre sus joyas, como un cangrejo ermitaño, mirándome sin reconocerme por encima de las gafas.

Me asusta imaginarte así, viejo, vencido, tan solo como yo, tú que eras todo fuerza, con esas manos hábiles y finas que sabían sacar lo mejor de mi cuerpo y fabricaban joyas como nubes, como tallos.

Pero casi me da más miedo imaginarte ya

jubilado, tomando un café en la trastienda mientras un hijo tuyo, de treinta años y también orfebre, le enseña sus mejores piezas a la forastera bien vestida que sabe apreciarlas.

¿Te fuiste por eso? ¿Tenías un hijo, una familia en otro lugar?

En el programa hablaban de nuestras leyendas, de la magia que impregna nuestra región, de lo que llamaban «pozos de tiempo», momentos, lugares en los que sin ninguna explicación, sin ninguna lógica, el tiempo se remansa, se acelera, gira y vuelve sobre sí mismo para detenerse poco después. Parece que hay muchas historias en Umbría que hablan de ello, sobre todo en la zona de Villasanta.

Siento un aleteo en el vientre al pensarlo. Es absurdo. Algo así no puede existir, entre nosotros, en pleno siglo XX, pero al imaginarlo se me acelera el pulso.

¿Y si hubiera un lugar? ¿Y si fuera posible volver al pasado? Si lo fuera, si volviera a aquel otoño, yo sería mayor que tú, como lo fui también con el chico que, por unos meses, hace ya muchos años, llenó tu asuencia quemante, el recuerdo de tu ausencia y de tu amor. Pero no era más que un chico, el hijo de Marga, el que, si las cosas hubiesen salido de otro modo, podríamos haber llevado a la iglesia, envuelto en su mantilla, a acristianar, tú y yo, ya casados, sus padrinos.

Te busqué en él, Pablo, no me avergüenzo. Había algo en ese chico que era parte de ti. Siempre pensé que así habría sido el hijo que no tuvimos. Por eso acabé dejándolo, porque yo no era su madre ni quería serlo. Yo te buscaba a ti, como te busqué en Nueva York aquella Navidad, como te he buscado siempre desde que te fuiste, en todos los viajes, en todos los hombres, pocos, que he tenido a lo largo de mi vida y que nunca han resistido la comparación contigo.

Por eso no te buscaré en ese improbable taller de Oneira, porque, aunque fueras tú, no lo serías. ¿Me entiendes?

¿Qué podría decirte, Pablo? ¿Qué podría preguntarte ya al cabo de tantos años? ¿Qué más da ya saber por qué me abandonaste, si lo que ha sido ha sido ya?

Treinta años de soledad, de humillaciones, de apretar los dientes para poder salir de casa y enfrentarme a las miradas de la gente sin desmoronarme: el desprecio, la burla, la compasión, los ocasionales intentos de algunos hombres de aprovecharse de las circunstancias... y el dolor quemante de tu ausencia que me hacía meterme los puños en la boca debajo de las sábanas para que los sollozos no despertaran a mamá.

Mamá y su desprecio, mamá y esa repugnante satisfacción que sentía por que las cosas le hubiesen dado la razón, por haber acertado al pronosticarme toda clase de desgracias.

Onofre y sus comentarios en el Casino, bajando la voz para que los demás pensaran que se trataba de una confidencia, aunque lo decía para que yo lo oyese: «La pobre tonta, la putilla que se ha dejado hacer de todo y ahora se ve compuesta y sin novio».

Me esperó una noche en el portal, se pegó a mí como una lapa tratando de lograr lo que no había podido cuando éramos novios. Me lo quité de encima de un empujón y subí la escalera a oscuras, saltando los peldaños de dos en dos, ahogándome de furia y de vergüenza. Hubiese podido matarlo en aquel momento, pero no lo hice. El mes pasado le cosí el traje de novia a su hija pequeña, una chica pelirroja y más bien fea, igual que él.

¡Qué más da ya!

El pasado es irrecuperable, incluso aquí, en Umbría, «el país de las leyendas» como dicen los anuncios.

¡Cuánto te quise, Pablo! Aunque ahora sé que hasta en eso me mentiste, que no había rastro de ti en los archivos, que Pablo Otero Casas era el nombre del tío de Marga. Al principio pensé que tú debiste de haberlo oído al llegar a Villasanta y te lo apropiaste. Ella te vio salir de su casa el día que llegaste al pueblo y siempre creyó que te habías confundido de puerta, buscando la de don Javier, pero Marga y yo hablamos tanto de ti, tantas veces a lo largo de los años que acabamos por darnos cuenta de que tuvo que ser como lo imaginamos: quizá hubieses conocido a su tío durante la guerra y viniste a buscar sus papeles, a quedarte con su identidad, con su nombre, para poder huír. Pero entonces... ¿por qué no te marchaste enseguida?

Si te buscaban por algo... ¿por qué te instalaste en el Sandalio, y te encargaste dos trajes y te enamoraste de mí? Porque yo sé que me quisiste, Pablo. Hay cosas que no se pueden fingir y yo sé por encima de todo que lo nuestro fue verdad, a pesar de lo que digan en el pueblo. También quiero creer que no te fuiste por voluntad propia.

Si eras un huído... si te buscaban... no tuviste más remedio que irte, pero entonces... ¿cómo te atreviste a pedir un pasaporte con aquellos papeles robados? Y sobre todo... sobre todo... ¿Por qué no has vuelto? ¡Han pasado tantos años! Ahora ya no habría peligro. ¿Sigues vivo? ¿O es que te mataron aquel día en Montecaín?

Te imagino a punto de entrar en la Cafetería Miami, con aquella gabardina azul que tanto me gustaba, tan original, tan moderna; se para un coche negro al borde de la acera y bajan dos hombres hoscos, malvestidos, con sombreros oscuros. Te cogen cada uno por un brazo y te hacen subir detrás, se sientan uno a cada lado y el coche arranca.

Nadie ha visto nada ni ha querido ver, con la Secreta no se juega, sobre todo entonces. Luego... ¿quién sabe? Una celda. Puños y patadas y sangre y dolor. Te piden nombres, datos, te piden que traiciones a tus camaradas.

No sé cómo sigue. ¿Hablas por fin, doblado de agonía, y te matan igual? ¿O callas y te matan por la noche, contra la tapia del cementerio viejo, frente al mar, porque saben que no van a lograr nada?

Son películas que me cuento, Pablo, como las que veíamos los domingos en el cine, en blanco y negro, cogidos de la mano algún rato, debajo de la chaqueta doblada sobre el reposabrazos del asiento.

Algunas veces, perdóname, prefiero pensar que estás muerto, que te mataron con mi nombre en los labios y por eso no he vuelto a saber de ti. Desde que murió Marga no he podido hablar con nadie. Por eso escribo. Por eso y porque soy una solterona que incluso se ha acostumbrado a viajar sola.

Estoy cansada. Quisiera poder arrancarme este clavo que me mata sin matarme del todo desde hace tantos años, pero he leído a Rosalía y a Machado, y sé que, sin él, lo que me mataría sería la nostalgia del dolor perdido.

Apagaré la luz, me meteré en la cama de hierro que fue de mi madre, donde por un tiempo sacié mi sed en el cuerpo del chico que se te parecía y que no tuvo el valor de luchar por mí, dejaré los ojos abiertos en la oscuridad hasta que vuelva tu sombra luminosa a consolarme, y trataré de hundirme en las turbias aguas de la noche en soledad hasta que despunte el día.

115

Esto será lo último que escriba en esta casa, la casa en que nací, la casa de mi infancia triste, donde siempre faltó el padre; de mi adolescencia soñadora y esperanzada, llena de planes de futuro; la casa de la que salí un día vestida de novia, cargada de malos presagios porque hacía unos días que no sabía de ti y el miedo me devoraba por dentro mientras mi madre masticaba una sonrisa malvada que se le derramaba por las comisuras de los labios y me pedía que no saliéramos, que no fuera derecha a ponerme en ridículo frente a toda Villasanta sin el prendedor de madreselvas que habría tenido que traer el novio la noche antes y que no estaba en el jarrito azul que yo había puesto en el mirador, a la espera del milagro que yo ya sabía que no iba a llegar.

En esta casa me quité el vestido sin ayuda de nadie, tragándome los sollozos que amenazaban con atronar el pueblo, tomándome a sorbitos la tila que Lucita me había dejado en la habitación, pensando en matarme y sin saber cómo hacerlo, algo que durante años fue mi pasatiempo favorito hasta que solo quedó en eso: un pasatiempo.

En esta casa me entregué al muchacho que me recordaba a ti, el chico inocente que se enamoró de mí nada más verme en el Lys. Me lo contó muchas veces tumbados en la cama de hierro que había sido de mamá y nunca quise cambiar porque cada vez que me acostaba en ella lo sentía como una invasión del territorio que tan celosamente había protegido toda su vida; como una venganza —ahora tu cama es mía, tu casa es mía, tu cubertería de plata que nunca utilizamos, tu vajilla de porcelana con filo de oro que jamás llegamos a sacar de la vitrina, tu ropa blanca, tu pulida mesa de palosanto en la que ahora corto patrones y tejidos cada vez que quiero.

En esta casa, una vez hecha mía —con qué placer vendí el horrible aparador de los abuelos que tanto le gustaba a mamá, con qué placer me pagué aquel viaje a Londres— fui superando la ausencia del muchacho, la vuelta a la soledad, la decepción de que hubiese aceptado mi abandono sin luchar por mí, con esa docilidad que ya esperaba pero que me dolió de todas formas.

Él quería suplantarte, Pablo, a pesar de que nunca le hablé de ti —de eso se encargaron todas las almas caritativas que habitan Villasanta— y yo no podía consentirlo, aunque a la vez... a la vez... algo en mí deseaba que su cuerpo joven borrase el recuerdo del tuyo, que su entusiasmo y su juventud se impusieran a toda mi nostalgia, a mi dolor por haberte perdido y, mucho peor, por no saber ya de ti.

Él quería llevarme a Nueva York, pobre chico, sin darse cuenta de que habría podido llevarme a cualquier parte menos allí, que ese era el territorio de nuestros sueños, de nuestro futuro común, tuyo y mío, territorio sagrado que nadie más debía pisar.

Si hubiese dicho Madrid, creo que me habría ido, pero no lo dijo. Y yo tampoco. ¿Me equivoqué? Quién sabe... ¿Qué importa ya?

118

Tengo la maleta preparada. Solo falta llamar el taxi, bajar por última vez las escaleras, cerrar tras de mí.

La casa está tranquila, limpia, ordenada, en silencio. No puedo saber quién será el próximo que gire la llave y entre a curiosear, a abrir cajones que solo yo he abierto en más de cuarenta años.

He regalado muchas cosas a mis pocas amigas, o a sus hijas, pero una casa está llena de objetos.

Si el muchacho se casó, que sería lo esperable, pronto, en cuanto la notaría dé con su paradero, vendrá con su mujer, quizá con algún hijo, a ver su herencia, a hacerse cargo de la casa, si decide aceptarla. No dejo deudas y algunas de mis cosas tienen un cierto valor.

Será una sorpresa, un regalo, una forma de

pedirle perdón, quizá también una forma de que no me olvide, de obligarlo a recordarme.

¿Qué habrá sido de él? ¿Dónde estará? ¿Qué profesión habrá elegido? Cuando yo lo conocí aún no sabía que quería hacer en la vida.

Llegué a pensar hace poco en buscar a un detective para dar respuesta a esas preguntas antes de hablar con el notario, y al final lo dejé estar. Me asustaba encontrarme con él después de tanto tiempo. Tendrá ahora cuarenta y tantos años, un hombre en la flor de la vida, grande, fuerte, igual de alto y no tan flaco como entonces, cuando era un puñado de huesos iluminados de amor.

¡Me quiso tanto! Y yo, aun queriéndolo —¿qué sentido tiene ahora negarlo, si escribo solo para mí?—, sin poder desprenderme de mi amor, del primero, del único; sintiendo que sería una traición dejarte ir, Pablo, sobre todo si habías muerto queriéndome, si tu abandono no había sido una huida, una traición.

Hay que dejarlo ya. Ya es hora. En Los Altos la habitación es bonita, luminosa. No la ocuparé mucho tiempo, pero en el que tenga, al menos tendré buena vista.

Fui a finales de octubre al cementerio, a despedirme de todos, de Marga, de Antonio, de su pobre hija Carmina que murió tan joven, de doña Laura, de don Javier, de mamá... tantos muertos en mi vida.

Curioso... —no había pensado ni apuntarlo aquí, ¿para qué? ¿Para que crean que estoy loca si por fin no me da tiempo a quemar estos papeles y los encuentra alguien?— pero ya a punto de marcharme, junto a la verja del camposanto, volví la cabeza para echar una última mirada y me pareció verte, Pablo, apenas un momento, en el panteón de la familia de Marga. Luego me saludó alguien y cuando volví la vista ya no estabas.

Sé que eras un fantasma porque te vi como entonces, con la gabardina azul, con el sombrero en la mano, y supe que si había podido verte es porque tú estás muerto y yo lo estaré pronto también.

Y entonces, cuando suceda, cuando por fin quede libre de este cuerpo, de este pueblo, de este dolor, ahora que se acaba el milenio, ahora que en Umbría los pozos del tiempo estarán sintiendo el final de una etapa, podré por fin salir de aquí, volar hacia el futuro. Llegaré a Nueva York con mi cuerpo de niebla, subiré a quella torre donde te busqué entonces y, con los ojos cerrados a la nieve, a las luces y a los fuegos artificiales, esperaré el milagro.

Este libro utiliza el tipo Aldus, que toma su nombre
del vanguardista impresor del Renacimiento
italiano Aldus Manutius. Hermann Zapf
diseñó el tipo Aldus para la imprenta
Stempel en 1954, como una réplica
más ligera y elegante del
popular tipo
Palatino

***
**
*

El secreto del orfebre
se acabó de imprimir
un día de otoño de 2017,
en los talleres de Liberdúplex, s.l.u.
Crta. BV-2249, km 7,4, Pol. Ind. Torrentfondo
Sant Llorenç d'Hortons (Barcelona)

***
**
*